Frederik Rung, Pietro Krohn, W. Güllich

Aditi, indisk-orientalsk Ballet i to Akter
(Anden Akt i to Afdelinger)

Frederik Rung, Pietro Krohn, W. Güllich

Aditi, indisk-orientalsk Ballet i to Akter (Anden Akt i to Afdelinger)

Unveränderter Nachdruck der Originalausgabe von 1880.

1. Auflage 2024 | ISBN: 978-3-38690-001-0

Antigonos Verlag ist ein Imprint der Outlook Verlagsgesellschaft mbH.

Verlag: Outlook Verlag GmbH, Zeilweg 44, 60439 Frankfurt, Deutschland
Vertretungsberechtigt: E. Roepke, Zeilweg 44, 60439 Frankfurt, Deutschland
Druck: Libri Plureos GmbH, Friedensallee 273, 22763 Hamburg, Deutschland

Aditi,

indisk=orientalsk Ballet i to Akter

(Anden Akt i to Afdelinger)

af

Solodanser Emil Hansen.

Musiken af **Fr. Rung.**

Dekorationerne af **W. Güllich.**

Kostumerne tegnede af **Pietro Krohn.**

Opført første Gang i Marts 1880.

—————

Kjøbenhavn.

Forlagt af J. H. Schubothes Boghandel.

Græbes Bogtrykkeri.

Personerne.

Dharasena, en indisk Prins	Hr. W. Price.
Bhoja, hans Høvedsmand	— C. Price.
Carudatta, Brahmanernes Formand	— Carpentier.
Sarvilaka, Brahman	— Gade.
Aditi, Tempelpige	Frk. Westberg.
Sundari, Bajadere	Fru Tüchsen.
Mathura, Skrædder	Hr. Lauenberg.
Radanika, en ung Pige i hans Tjeneste . .	Frk. Flammé.
Arjaka, Zigeuner	Hr. Krum.
En Slangebesværger	— Klyver.
Hans Kone	Frk. Petersen.
En Juvelhandler	Hr. Lense.
En Herold	— Ring.

Prinsens Følge, Krigere, Slaver, Slavinder, Brahmaner, Tempeltjenere, Tempelpiger, Bajaderer, Zigeunere og Almue.

Danse i første Akt.

Bajadere-Dans.   Solo.   Fru Tüchsen.
Bajadere-Dans.   Damerne Tüchsen, Flammé, Schous-
    gaard, Madsen og corps de ballet.
Ensemble-Dans af Bajadererne med Mathura, Rabanika, Sundari
    og Arjaka.
Finale-Krigsdans.   Dhrr. Beck, Walbom, Jversen og corps
    de ballet.

Danse i anden Akts første Afdeling.

Solo.   Frøknerne Westberg og Schousgaard.
Offerdans.   Corps de ballet.

Danse i anden Akts anden Afdeling.

Zigeuner-Dans.   Dhrr. Krum, Emil Hansen, Walbom, Jversen
    og Beck samt Damerne Tüchsen, Flammé, Hansen,
    Güllich og Egense.
Festdansen af Bajaderer, Slaver og Slavinder, Zigeunere og Zigeuner-
    inder og Krigsfolk. — Hele Personalet.

Første Akt.

Første Scene.

(En Stue hos Mathura.)

Den gamle Skrædder Mathura sidder og syr med sin Pige
Rabanika. Hun rejser sig pludselig, kaster Sytøjet og vil ikke
længere sy, men beder om Tilladelse til at løbe ud paa Torvet
for at se Prinsens Indtog. Mathura nægter det bestemt og
rækker hende det Skjærf, hun syr paa, med Opfordring til blot
at arbejde videre; men hun draperer sig kun med det og danser
drillende omkring ham, saa han tilsidst ærgerlig vender Ryggen
til hende. I dette Øjeblik løftes Tæppet for Døren lidt til
Side, og hendes Kjæreste, Zigeuneren Arjaka, smutter ind; hun
bliver glad ved at se ham, men bange for, at Mathura ogsaa
skal se ham. Medens han søger at lokke hende med sig ud til
de andre unge Piger, rejser Mathura sig, hvorfor hun dansende
skjuler Zigeuneren med Skjærfet, indtil hendes Herre meget for=
trydelig atter sætter sig til at sy.

Hun lover nu at være flittig igjen; men i det første ube=
vogtede Øjeblik smutter hun ud ad Døren med sin Kjæreste.
Mathura ser Dørtæppet falde ned efter dem og skynder sig, for=
bavset og opbragt, ud efter dem.

Anden Scene.

(En Torveplads. Til Venstre et af en Mur omgivet Tempel; til Højre en Bod, hvori der sælges Drikkevarer, og en Dragehandlers Bod; i Baggrunden Basarerne. En Flok muntre Bajaderer sidde paa Tempeltrappen, og Børnene ligge paa Gaden.)

Folkemængden er i travl Bevægelse og glæder sig til festligt at modtage Prins Dharasena, som hvert Øjeblik kan ventes at ville holde sit Indtog i Staden efter et sejrrigt Felttog mod Landets Fjender. Overalt er der Spøg og Lystighed og livlig Handel. En fornem Dame kommer gaaende, fulgt af en Slave med en Solskjærm, hun bliver henrykt over de Smykker, en Juvel= handler præsenterer hende, og kjøber af ham. Han prøver derefter at falbyde sine Varer til Bajadererne, som i højeste Grad be= undre dem, men ikke have Raad til at kjøbe noget; derimod faar en Frugthandler god Afsætning hos dem. En Vandbærer melder sin Ankomst ved Slag paa en Gongon, og Kvinderne komme med deres Vandkrukker.

En Flok Børn kommer løbende og fortæller, at Toget nærmer sig Staden, og en Del Folk følge efter dem, da de igjen ile ud for at møde Toget.

Et Par Klædehandlere mødes og følges ad i ivrig Samtale. Bajaderen Sundari ser, at Fligen af et Tæppe slæber hen ad Gaden efter den ene; hun lister sig efter ham, springer over= givent hen paa Tæppefligen og faar derved Tæppet til at glide fra ham, uden at han mærker det. Hun vinker nu ad sine Veninder, som fornøje sig over hendes List og hjælpe hende at udbrede Tæppet paa Gaden, hvorefter hun til Folks Glæde danser paa det, indtil Klædehandleren pludselig kommer tilbage og for= baset opdager en Bajadere paa sit Tæppe og opbragt tager det op.

En Herold træder i det samme frem og gjør Plads for Prinsens Hovedsmand Bhoja, som vender sig mod Brahmanerne, der ere traadt ud paa Tempeltrappen, og melder deres Formand Carubatta, at Prinsen nærmer sig med Sejerstoget til Templet for at modtage Brahmanernes Velsignelse.

Tredie Scene.

Musiken fra Toget høres nærmere og nærmere. Krigsfolkene drage ind, og efter dem bæres Prinsen i en pragtfuld Palankin under Mængdens Jubel. Han modtages af Brahmanerne, og Carubatta lykønsker ham til Sejren og nedbeder Himlens Velsignelse over ham; derpaa giver Prinsen Slaverne Befaling til at frembære Gaverne til Templet — Kurve med Ris og Majs — og takker Brahmanerne og Folket for Modtagelsen. Alle juble ham i Møde, og Triumftoget drager videre.

Fjerde Scene.

Torvet faar igjen sit sædvanlige Udseende. Rabanika kommer ilende med Arjaka, men opdager til sin Sorg, at Toget allerede er draget forbi. Bajadererne undre sig over at se hende, og hun fortæller da til stor Morskab for dem, hvorledes hun har narret Mathura for at slippe bort. De danse en livlig Dans og lønnes derfor af Mængden med Gaver. Midt under Dansen ser Arjaka Mathura komme over Torvet; han og alle Pigerne hindre bestandig Mathura i at faa Rabanika fat og drive saaledes Gjæk med ham, at han tilsidst synker udmattet om.

Femte Scene.

Aftenen begynder. En Slangebesværger tiltrækker sig almindelig Opmærksomhed. Prinsen kommer med sin Høvedsmand; da han ønsker at gaa frit om i den kjølige Aften uden at vække Opsigt, ere de begge forklædte som almindelige Krigere. Han glæder sig over at være kommet hjem, men bliver alvorlig ved Erindringen om Krigens Rædsler; men det lykkes Høvedsmanden at gjøre ham glad igjen ved at minde ham om hans Sejre, og Prinsen forsikrer til Gjengjæld, at han aldrig havde vundet dem uden sin Høvedsmands Hjælp, hvorfor han al Tid vil betragte ham som sin Ven.

Nogle Tempelpiger komme vandrende, tilslørede og bevogtede af Tempeltjenere; de medbringe Blomster, som de have hentet udenfor Staden til at smykke Helligdommen med. En lille Dreng, som bliver bange for Slangerne, kommer til at løbe i Vejen for den sidste af Tempelpigerne, Aditi; hun taber derved en Lotusblomst af sin Kurv. En Tempeltjener vil straffe Drengen, men hindres deri af Mængden, hvorfor han jager Slangebesværgeren og Folk bort fra Tempeltrappen. Imidlertid har Prinsen taget Lotusblomsten op; men idet han vil række den til Tempelpigen, falder Sløret fra hendes Ansigt; hun hæfter det skyndsomt fast igjen, medens han, betagen af hendes Skjønhed, kysser Lotusblomsten og beholder den.

Tempeltjeneren byder hende at gaa videre, og med Blikket fæstet paa den ukjendte Prins gaar hun langsomt ind ad Templets Port.

Prinsen vil ile efter hende, men standses af sin Høvedsmand. Da han betror Høvedsmanden sin pludselige, hæftige Kjærlighed, advarer denne ham mod Brahmanerne; men han svarer, at han vil trodse dem og vove alt for sin Kjærlighed.

Forgjæves søger hans Ven at holde ham tilbage med Magt; først da han hører sine Krigere komme, lader han sig drage bort, idet han med Øjnene maaler Tempelmurens Højde.

Sjette Scene.

En Del af Prinsens Krigere komme ind paa Torvet; de tale om deres Bedrifter og fremvise Armbaand og Vaaben, som de have taget fra Fjenderne. En ung Kriger vil give Vin for sin Part af Byttet, et Par store Pengebørse, der holdes et Drikke= gilde, som slutter med en Krigsdans.

Anden Akt.

Første Afdeling.

(Templets Forgaard. Til Højre Templet og ved det et Billede af Guden Wishnu; til Venstre et andet Gudebillede; i Baggrunden Tempelmuren med en Dør.)

Første Scene.

Tempelpigerne binde Guirlander og Kranse af Blomster og smykke Templet dermed til den forestaaende Fest i Anledning af Prinsens Hjemkomst.

Aditi og en anden Tempelpige træde ind; de strides om en Bunke Blomster, Aditi trækker den tilsidst til sig og viser, at det er en Guirlande, hvormed hun vil pryde det til hendes Omsorg betroede Gudebillede.

Anden Scene.

Brahmanerne komme med den gamle Carubatta i Spidsen; de overrække Tempelpigerne de hellige Lamper, som bringes til de forskjellige Gudebilleder, og befale Tempeltjenerne at bringe Gudebillederne Offergaverne. Carubatta fører derpaa Brahmanerne til den daglige Gudstjeneste i Helligdommen; de følge ham alle undtagen Brahmanen Sarvilaka, som bliver tilbage ved sit Gudebillede og betragter Aditi, som dansende smykker Wishnus Billede.

Tredie Scene.

Han ser henrykt paa hende, og paa hendes Spørgsmaal, om han ikke finder Gudebilledet smukt prydet, svarer han, at hendes egen Skjønhed overgaar alt andet, og i sin barnlige Glæde herover pynter hun sig med Blomster. Da hun opdager, at han stirrer paa hende med en smertelig Mine og med Haanden knuget mod Brystet, spørger hun ham deltagende om Grunden dertil, og da han tier og vender sig bort, tager hun venligt hans Haand og ytrer Medlidenhed med hans Sorg; nu kan han ikke mere skjule sin Hemmelighed for hende, at han elsker hende, skjønt han er Brah= man. Han spørger hende, om hun kunde elske ham, og da hun forfærdet viger tilbage og svarer, at det var umuligt, griber han hæftigt hendes Haand og erklærer, at skjønt han er gammel og hun ung, skal hun dog komme til at tilhøre ham. Hun støder ham fra sig med Foragt, løber op mod Templet og truer med at anklage ham for Carubatta, hvis han ikke strax forlader hende; da gaar han bort efter at have advaret hende for den Hævn, han vil tage.

Fjerde Scene.

Tempelpigerne komme tilbage og hente de tiloversblevne Blomster; de opfordre Aditi til at gjøre det samme; hun vinker smilende til dem, idet de gaa, og samler sine Blomster for at følge efter dem.

Femte Scene.

En ung Kriger, som har vist sig over Muren, springer nu ned i Tempelgaarden, men indvikles derved i Guirlanden om Gudebilledet og kommer — uden at bemærke det — til at afbryde Billedets ene Arm. Da Aditi opdager ham, bliver hun forbavset, og da hun gjenkjender Krigeren fra Mødet paa Torvet, taber hun i sin Skræk Blomsterne og vil ile ind i Templet. Han standser hende og forsikrer, at hun intet har at frygte, hun spørger, hvad han vil paa dette Sted, beder ham skynde sig bort og advarer ham mod Brahmanernes Vrede; men Prinsen svarer, at han ikke frygter Brahmanerne, at han elsker hende og er kommet for at se hende igjen, og han fremtager et Armbaand for at give hende det som Tegn paa sin Kjærlighed. Hun nægter bedrøvet at modtage hans Gave, da den bringer hende til at tvivle om hans Kjærligheds Renhed; men han forsikrer, han vil ægte hende, og da hun svarer, at det ikke er muligt for ham som Kriger at ægte en simpel Tempelpige, lægger han knælende Sværdet, Tegnet paa hans Stand, for hendes Fødder. Dybt bevæget og overvældet af sin Kjærlighed rækker hun ham Haanden; han sætter sig med hende ved Templets Fod, og nu tillader hun ham at sætte Armbaandet paa hendes Arm.

Sjette Scene.

Sarvilaka træder ind og forbavses ved at se en Kriger knæle for Aditi, medens hun har lagt sin Arm om hans Hals; han farer rasende hen imellem dem og tilkalder Tempeltjenerne for at gribe ham og Kvinderne for at bevogte hende. Prinsen beder hende ikke at være angst, da han skal beskytte hende; men Sarvilaka smiler haanligt herover og lader ham binde og føre bort. Knælende bønfalder Aditi Sarvilaka om Naade for Krigeren; han svarer hende kun med hæftige Bebrejdelser, fordi hun har foragtet hans Kjærlighed og elsker en anden.

Da opdage Tempelpigerne med Skræk, at Wishnus Billede er ødelagt, og Lampen ved det slukket; de melde det til Sarvilaka, som spørger dem, hvem der har begaaet denne Vanhelligelse, og de vise nølende paa Aditi, som har smykket Billedet. Han forlanger en Forklaring af hende; hun forstaar, hvem der har gjort det, men tier, og han griber Lejligheden til Hævn og skynder sig bort for at anklage hende, medens Tempelpigerne deltagende omringe hende.

Syvende Scene.

Prinsens Høvedsmand kommer ilende og spørger, hvor Prinsen er; men da man ikke har kjendt Prinsen, svares der, at han ikke har været i Templet. Noget vantro ser Høvedsmanden sig om og opdager da Prinsens Sværd paa Jorden; han griber det skyndsomt, løfter det glad op og gjentager sit Spørgsmaal, som Tempeltjenerne nu ikke tør besvare, før han drager sit Sværd og truer en af dem paa Livet; da faar han Sandheden at vide og skynder sig hen at befri Prinsen, idet han trækker Tempeltjeneren med som Vejviser.

Ottende Scene.

Carubatta kommer med Brahmanerne. Bestyrtet spørger han Aditi, om hun har begaaet Brøden; hun ser vemodigt ud efter Krigeren, trykker Armbaandet til sit Hjerte og svarer Ja. Han dømmer hende til Døden og befaler Tempeltjenerne at rejse Baalet foran det forhaanede Gudebillede. Sarvilaka fortryder nu, at han er gaaet saa vidt i sin Hævn, og beder om Tilgivelse for hende; men Carubatta afviser ham og knæler andagtsfuld for det sønderslagne Gudebillede.

Baalet oprejses og indvies, Aditi iføres den røde Offringsdragt og smykkes med Blomster, og Gongonslaget lyder til Offerdansens Begyndelse. Forfærdet opdager hun, at hun allerede er smykket til Døden, og at Baalet venter; i sin Fortvivlelse vil hun anraabe Gudebilledet om Naade, men opdager Sarvilaka, som medlidende strækker Armene mod hende, og ved Synet af sin Anklager styrter hun sønderknust om foran Baalet.

Tempelpigerne danse Offerdansen og føre hende op paa Baalet, som derpaa antændes af Brahmanerne, med Und= tagelse af Sarvilaka, som for Samvittighedskvaler ikke er i Stand til at udføre denne Gjerning. Da høres pludselig en stærk Larm udenfor; Kvinderne ile ind i Templet, og Brah= manerne slaa Kreds om Baalet, hvorpaa Aditi er sunket af= mægtig sammen.

Niende Scene.

Døren i Muren sprænges, og Prinsen styrter ind med sin Hovedsmand og sine Krigere, fulgt af en Del af Folket. Han opdager Aditi paa Baalet, kaster sit Skjold over Luerne, springer op paa Baalet og bærer hende ned.

Sarvilaka farer hen imod ham, men viger forskrækket tilbage, da han ser, det er Prinsen. Carudatta hilser Prinsen ærbødigt og spørger, hvorfor han trænger ind i Templet med sine Krigere, Prinsen svarer, at han vil hente Aditi som sin Brud; men Carudatta siger ham, at han maa drage roligt bort, da hun tilhører Templet.

I sin Forbitrelse søger Sarvilaka at ophidse Folket mod Prinsen; han drager Aditi frem for Folket og fortæller, at hun har ødelagt dets Gudebillede, hvorfor hun maa dø. Prinsen begriber, at det er ham selv, som har beskadiget Billedet; han røres over hendes opofrende Kjærlighed og lover Carudatta at oprejse Gudebilledet paany i Guld og lader Slaver frembære gyldne Kar under Folkets Jubel. Han rækker derpaa Carudatta det guldindvirkede Slør som Tegn paa, at han har kaaret Tempelpigen til sin Hustru, og Carudatta giver nu sit Samtykke; men da Prinsen vil omfavne sin Brud, standser han ham og erklærer, at først ved Festen skulle de forenes.

Aditi føres ind i Templet, og Prinsen drager glad bort. Sarvilaka vender sig opbragt mod Carubatta og spørger ham, hvorledes han som Brahman kan tilstede deres Forening; den gamle Carubatta svarer, at han ikke har Hjerte til at hindre den, og søger at berolige Sarvilaka; men rasende af Skinsyge river Sarvilaka Offersnoren af sit Bryst, kaster den med Foragt for Carubattas Fødder og forlader Helligdommen for bestandig.

Anden Afdeling.

(En Lystskov med Slottet i Baggrunden. Til Højre et med Tigerskind smykket Sæde for Prinsen.)

Tiende Scene.

Det talrigt forsamlede Folk morer sig over en Flok Zigeunere, der musicerende og dansende forbereder sig til Festen. Musiken fra Festtoget høres, og Mængden ordner sig. Derpaa kommer Toget med Krigere, Bajaderer og Slavinder, og da Prinsen viser sig med sit Følge, mødes han af Brahmanernes Formand, som bringer ham hans festligt smykkede Brud.

Prinsens Høvedsmand giver Bajadererne Tegn til at begynde Festdansen, under hvilken Brudebuketten overrækkes Prinsen, som kun tager en enkelt Lotusblomst af den og rækker den til sin Brud som Minde om deres første Møde; hun modtager den bevæget og gjemmer den ved sit Hjerte. De føres da begge til den med Kjærlighedsguden Kamas Billede prydede Triumfvogn, de dansende omhvirvle dem, og Folket flokkes jublende om dets Fyrste og Fyrstinde.